KB115669

민들레 기개

민들레 기개

발행일	2017년 5월 19일			
지은이	조 은 재			
펴낸이	손 형 국			
펴낸곳	(주)북랩			
편집인	선일영	편집	이종무, 권혁신, 송재병, 최예은	
디자인	이현수, 김민하, 이정아, 한수희	제작	박기성, 황동현, 구성우	
마케팅	김회란, 박진관			
출판등록	2004. 12. 1(제2012-000051호)			
주소	서울시 금천구 가산디지털 1로 168, 우림라이온스밸리 B동 B113, 114호			
홈페이지	www.book.co.kr			
전화번호	(02)2026-5777	팩스	(02)2026-5747	

ISBN   979-11-5987-574-8 03810 (종이책)   979-11-5987-575-5 05810 (전자책)

이 도서의 국립중앙도서관 출판예정도서목록(CIP)은 서지정보유통지원시스템 홈페이지(http://seoji.nl.go.kr)와 국가자료공동목록시스템(http://www.nl.go.kr/kolisnet)에서 이용하실 수 있습니다. (CIP제어번호: CIP2017011174)

(주)북랩 성공출판의 파트너

북랩 홈페이지와 패밀리 사이트에서 다양한 출판 솔루션을 만나 보세요!

홈페이지 book.co.kr   자가출판 플랫폼 해피소드 happisode.com
블로그 blog.naver.com/essaybook   원고모집 book@book.co.kr

조은재 시집

민들레 기개

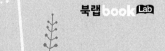

『민들레 기개』시집을 내며

내가 살고 있는 동네 놀이터 이름은 몽촌 공원이다. 이 곳에는 은행나무가 세 그루 있고 개나리, 목련, 벚나무 가 있다.

이른 봄이면 꽃봉오리를 올리며 꿈을 물고 있는 목련이 말을 걸고 벚꽃이 하늘빛을 받아 동무와 도란도란 정담 을 나누다가 꽃 비를 뿌리고 개나리가 별빛처럼 초롱초 롱 피어나 오가는 이의 가슴에 봄 이야기를 들려준다. 참새 떼가 황금 철쭉을 카페 삼아 서로 목소리 내며 재 잘재잘 아이들처럼 이야기를 나누는 봄의 전경, 나는 긴 벤치에 앉아 봄을 맞는다.

내 마음을 알아달라고 하느님께 투정부리며 순간순간 을 견뎌온 시간들, 그때마다 시름을 달랬던 시심들, 지 금은 내가 가진 모든 것에 감사한 마음이다.

고락을 함께 견디며 보금자리를 만들어가는 남편과 나를 닮은 딸내미, 시를 만나게 해준 김석현 교수님과 시의 구조를 제시해주신 윤석산 교수님, 그리고 시와 소통하도록 만들어주신 존경하는 박동규 교수님과 나를 아껴주고 사랑해주는 소중하고 귀한 그대들 행복하시기를 바란다.

2017년 5월
첫 시집을 출간하며
조은재

차례

시인의 말 … 004

제1부

1. 오천 원 지폐의 명상 … 013

2. 밤이다 … 014

3. 방 … 015

4. 전동차 안에서 … 016

5. 나팔꽃 … 017

6. 엉뚱한 이벤트 … 019

7. 벚꽃처럼 … 020

8. 민들레 기개 … 022

9. 낮 꿈 … 023

10. 나는 어디까지 왔는가 … 025

11. 버스정류장에 뜬 달 … 027

12. 은행나무 … 029

13. 여정은 예측하기 힘들지 … 030

14. 하회탈이 되어 … 032

15. 웃음꽃 … 033

16. 길가에 플라타너스 … 034

17. 문명인 … 035

18. 시간 속의 나그네 … 036

19. 그림자 끄트머리 … 038

20. 인연 … 040

21. 조화(造化) … 041

제2부

22. 봄소식은 전단지에 묻어온다 … 045

23. 벚꽃축제 … 046

24. 제비 … 047

25. 사랑은 … 048

26. 소임의 꽃, 민들레 … 050

27. 나는 애인과 결혼했다 … 051

28. 갯벌 향한 그리움 … 052

29. 작약꽃 … 053

30. 로맨스 … 054

31. 수선스런 아침 … 055

32. 열대야 … 056

33. 천진함 성지에 오르며 … 058

34. 선택한 길 … 060

35. 선행을 행하라 … 062

36. 봄빛 … 064

37. 서프라이즈 … 065

38. 소시민의 일상 … 067

39. 부메랑 … 069

제3부

40. 나중에 밥 한번 먹자 … 073

41. 부화(孵化) 중 … 074

42. 기다림 … 075

43. 개똥밭에 굴러도 이승이 낫다는 말 … 076

44. 여전히 생동한다 … 077

45. 그리움 쌓인, 그 시절 … 078

46. 그 어떤 날의 기억 … 079

47. 겨울비가 내리는 날 이사한다 … 081

48. 그대와 새로운 설렘으로 … 083

49. 촌부의 행복 … 085

50. 사과 … 086

51. 기다려서 미안해 … 087

52. 필연인가 악연인가 … 089

53. 서재 … 090

54. 기차역에서 … 092

55. 둥지 … 093

56. 편지 … 094

57. 동백꽃 … 095

58. 러버덕 … 096

59. 특혜 … 097

60. 보고 싶으면 만나 … 098

제4부

61. 무심코 놓아버린 인연들 … 101

62. 묻고 싶다 … 103

63. 내 안의 철조망 … 104

64. 개망초 … 105

65. 의자 … 106

66. 짝사랑 … 108

67. 능소화 … 109

68. 사진 속의 이야기 … 110

69. 스케줄 … 111

70. 봄을 찾은 여자 … 112

71. 그리움이었네 … 114

72. 차 한 잔 … 115

73. 정답을 모르겠네 … 116

74. 짬 … 118

75. 이사한다 … 119

76. 저녁노을 … 121

77. 가을이다 … 123

78. 봄날 … 125

79. 진도에서 즉흥무를 … 127

80. 내 고향 예향 도시 … 129

81. 맨드라미 … 131

82. 봄의 왈츠 … 133

제1부

오천 원 지폐의 명상

오천 원 지폐 한 장을 들고 길을 나선다
길가에 늘어선 나무 사이로 자전거가 씽 지나간다
나목과 하늘이 맞닿아 진풍경(珍風景)을 가져오고
겨울바람은 떠다니며 마음을 저울질한다
살갗에 닿은 공기는 틈새의 옷깃에 스며들고
김 모락모락 나는 만두 가게 앞에는
서너 명의 사람이 줄지어 서 있다
살까, 말까, 군침을 삼키다가 지나친다
칼바람은 여민 옷깃 속으로 더욱 깊게 스며들고
주머니 속에 든 지폐는 여러 마음 모아온다
노점상에서 두부 한 모를 사니
천 원짜리 지폐 3장과 오백 원 동전이 손에 쥐어진다
만지작거리다가 '대박집' 편의점에 다다른다
'1등이 세 번 당첨 된 명당자리' 글귀가 발길을 붙든다
자동으로 셋 게임을 긁는다
지니고 있던 높은 이상(理想)이 형태를 갖추고 춤을 춘다
시장 입구를 빠져나오다가
걸인의 동냥 그릇에 오백 원 동전을 던진다
낮은 퍼센트의 동정(同情)이 부끄러움을 저울질한다

칼바람은 공기 속에 여전히 떠 있다

밤이다

밤이 내리는 사위는 적요하다
낮 동안 심심찮게 키재기하던 한강 변 아파트
조용히 수면에 잠겨 밤을 맞고
현란한 조명으로
밤빛을 만드는 시내의 유혹 따위엔
교회의 투명한 방화벽도
눈을 감고 귀를 닫는다

그런데
난 대책 없는 순간을 만들고 있다
적막한 이 밤에 부끄럽게도
낮 이야기와 총칼 없는 전쟁 중이라니

인간아
조용히 지나쳐라
밤이다

방

내 안에는 여러 개의 방이 있다

방 하나, 가계부가 탁자 위에 놓여 있다
'콩나물값은 깎지 말자'
이런 글귀가 쓰여 있네?

방 하나, 가장 큰 방이다
한 추억이 데생을 마치고 걸맞은 물감을 찾는다
옛 친구는 별나라에 잘 도착했겠지
안갯속에 갇힌 내 삶이 시야를 가렸다
그땐
벼랑 끝에 매달렸던 넌,
무얼 보고 새처럼 날아갔니?

방 하나, 서재가 있고, 필기도구가
비행(飛行) 날개를 직조(織造)하고 있다
내가 숨 쉬는 이유다

방 하나는?

전동차 안에서

출근길
시야에 확 다가온 전경
넥타이를 조였던 숨통이 확 트인다

잠자리가 수풀 위를 날 듯
하늘엔
헬리콥터 두 대가 정겹게 날고
버들가진
긴 머리 늘어뜨린 여인처럼
나풀거린다

한강에 떠 있는 도심의 풍경
밭을 일구는 농부가
새참을 받아든 순간처럼
풍요롭다

난
새처럼 날갯짓하듯
활기찬 숨을 들이마시며
절로 스며든 향기로운 봄볕에
아침 하늘을 날 것 같다

나팔꽃

얼마나 힘들었을까
옴짝달싹할 수 없는 암흑 속에
묻혀 지낸…

얼마나 몸부림쳤을까
이렇게 저렇게 꼼지락거려도
탈출구는 보이지 않았을…
이런저런 색깔로 덧칠을 해봐도
깜깜했을…

넌
가슴 한켠에 모두 쓸어 담고서
삭히며
연초록 설렘에
가냘프게 떨고 있구나

희망이 포자 되어 견뎌냈을 너

네 청사진은 이미
덩굴손을 따라 피워낼 꽃송이를 만들며
무심히 발걸음을 옮기는 여인의 눈길을 잡아끈다

너의 희망은
천상 나팔을 부는 거구나

엉뚱한 이벤트

말라 비틀어진 나뭇가지에 꽃이
아련하게
매달려 천상 나팔 불고 있다

11월 하늘은 냉정하게 시리고
이파리를 털고 있는 나무는
고고한 위엄을 뿜어내는데
태연하게 뿌리내린 덩굴 꽃은
엉뚱한 이벤트로 쇼맨십 발휘한다

철모르는 나팔꽃이 우매한 건지
기개가 높은 건지 모호하지만
피어난 가상함에
움츠리며 총총 걷는 이들
눈길 모인다
경이로운 풍경에 한참 동안
서성이다가
사색에 잠기다가
폰 셔터를 누른다

시샘을 느낀 나는, 나를 이제야 만난다

벚꽃처럼

내 그릇에 담긴 귀한 시간
주걱으로 훑듯 사용하다가
흩날리는 꽃 비를 맞는다

내 안의 주인공
타인의 엑스트라

시간의 옷자락에
흩날리는
벚꽃처럼

도란도란 살다가

흩날리고 싶다

고운 햇살 아래 정겹게 피어나

비바람 소란스러워도
불평 없이
시간 여행
잘 마치고

예쁘게 흩날릴 수 있으면

정말 좋겠다

민들레 기개

사는 곳이 별거냐고
길 한복판에
거침없이 뿌리내린

배포 큰 담력

거기가 고향인가
묻다가
된통 두어 마디 듣는다

뭘 그리 따지나
사는 곳이 터전 아니던가

고대광실(高臺廣室)
욕망에
얼음물을 워르르 끼얹는다

닮고 싶은
너의 기개
닮고 싶은
너의 용기

낮 꿈

커피 머신에서
차 한 잔 내려 들고
소파에 앉아 홀짝거리다가
아침나절에 미처 개지 못한
이부자리에 눈길이 머문다
온기가 머문 온돌방
시집 한 권에 취한 어설픈 교양
식곤증이 다가와 손을 내민다
이럴 땐
돼지꿈이라도 꿔야 하지 않을까

무슨 꿈을 꿀까

눈을 감고서
양 한 마리, 양 두 마리…
양 한 마리에 로또 숫자 조합하고
양 두 마리에 조상님의 음덕 기려
반짝이는 금괴나 주워 볼까
매에, 매에…

샤르르 뎅뎅
샤르르 뎅뎅
울리는 휴대폰 소리
낮 꿈을 금세 가로챈다

나는 어디까지 왔는가

직장에 포로처럼 잡혀 있다가 간신히 빠져나온 난
혜화역 4호선 2번 출구로 나왔다

〈종로 빈대떡〉 지하 음식점에서
반가운 이들이 기다리겠지
아니 내가 더 기다릴지 몰라

제대로 찾아온 약속 장소 같다
머뭇머뭇 들어갈까 말까
주변을 두리번거린다
김삿갓 상호가 보이고
소극장을 지나쳐 별 다방이 보인다
별 다방 디제이와 사무실 미스 김은
지금도 그리워하고 있을까
하늘을 올려다본다
지나간 옛 그림자들이 머물러
그리움을 채색한다

약속 장소를 재확인 하는데
반가운 소설가 선생님이 손짓한다
-빈대떡집으로 들어가시오

김삿갓이 길을 안내하는 것 같다

나는 어디까지 왔는가
목적지에 맞게 왔는가

나는 의연하게
명망 있는 문인들 틈에 끼어들며
안부 인사를 한다

버스정류장에 뜬 달

달이 떠 있다
버스정류장에서 만난 사람들은
말을 아낀다
기다림은 오직 버스다
정류장 건너편엔 등대처럼
불 밝힌 해장국집이 있다
연중무휴 24시간 운영
하얀 바탕에 빨간 글씨가 또렷하다
해장국이 먹고 싶으면
문을 열고 들어오라는 인심
돈만 있으면 되겠다
환경미화원
새벽길을 다듬다가
장갑 낀 손등으로 눈을 비빈다
음식을 먹고 나온 남녀
서로 몸을 밀착시킨다
따뜻할 것 같다
20분 기다리던 버스 두 대가 꼬리를 물고 당도한다
이는 무슨 심산인가
삼사 분 간격으로 앞당겨 오던지
눈꼴시다

버스정류장에 뜬 달이
플라타너스 가로수 사이에서 숨어버리고
말을 아낀 사람들은
버스에 텅텅 올라탄다

은행나무

몽촌 공원에 은행나무 세 그루
푸른 잎 한 장 달지 않고
어찌 저리 곱게 노란 꿈 이뤘을까

이상 품었을 마음
여러 길
아른거려
한 길 꿈 쉽진 않았을 터인데…

결단력이 대단하다

가을이 가까이 다가왔어도
여러 길 놓지 못하고
여전히
망설이고 있는데…

운 좋게 한 길 찾은 은행나무야
참으로 보기 좋구나

여정은 예측하기 어렵지

여정은 예측하기 어렵지
목적지를 정하고서
전동차에 몸을 싣지만
편안히 앉아 시집을 읽을 공간이
운 좋게 기다리고 있을 거라
생각하진 않잖아
손잡이도 못 잡고 타인의 틈에
박혀 이리저리 휘청거리다가
내 의지와 상관없이 여인의 하이힐
뒤꿈치에 밟힐 줄 생각이나 했겠어?
어쩌겠나
그렇다고 멱살 잡고 시시비비를 가릴 순 없잖아
여정에 몸을 실었으면
부러 공자 왈 맹자 왈 할 수
없지 않겠는가 말이지
감정과 씨름한다고
순간에 전동차 안이 넓어질 것도 아니고
소리친다고
밟힌 발이 안 아플 수도 없고 말이지
그냥 그냥 견디면서 상황에 맞춰
웃음이나 잃지 않아야 하지 않겠나 말이지

여보게 친구
그렇지 않나?
갯가에 빠돌처럼 마음을
동글동글 다듬어 보는 것이
더 낫지 않겠냔 말이지

하회탈이 되어

아침 출근길
바삐 뛰는 무리 뒤쫓아
승차권을 개폐기에
빠르게 태그 하다가
주위의 둔화된 움직임을 감지한다
버둥대던 조바심이 심호흡을 한다

승강장에서 아쉽게 멀어져 가는
전동차의 뒷모습

샐리의 법칙 같은
머피의 법칙 같은
운수가 머뭇댄다

뛰다가 멈추고
순순(順順)하게 마음을 숨기는 사람들

나는
마을 어귀 지키는 장승처럼
승강장 발판을 딛고 서서
광고 영상물을 주시하다가
하회탈이 되어간다

웃음꽃

운수 좋은 날
막 떠나려던 버스가 멈춘다

혹시?

그와 난 운전자와 승객
코끝에 살짝 스친 라일락 향기 같은 인연
웃음꽃이 핀다

주고받는
질그릇 같은 삶에
잿물이 오롯이 입혀지고

그와 난 아침나절 인연이 되어
출근길을 달린다

길가에 플라타너스

12월 중순
겨울 준비 끝낸 나무들과
달리
몇 추억 붙들고 떨어뜨리지 못한 채
추레하게 서 있다

너나 나나
세월 흔적 아까워도 어찌할 수 없는데…

소슬바람이
매섭게 불어와
부질없는 기억 가져가기 전까지
매양 그러고 서 있으련가

너나 나나
같은 모양새
닮아도 너무 닮았다

문명인

사람 마음이 공허함에
허덕인다는 거
가랑비 내리는 날
처음 알았다

스마트 폰을 노리개 삼아도
인터넷을 파도처럼 타고 넘나들어도
채워지지 않는 그 무엇은
무엇일까?

그 무엇으로도 채워지지 않는 마음

나는
우두커니 서서
보슬보슬 비 내리는
창밖을 하염없이 바라보다가

채워지지 않는 헛헛한 갈증
그 무엇을 찾기 위해
서점으로 향한다

시간 속의 나그네

삶의 인증처럼
시계를 착용하고
나침반 삼아
세상 속으로 오간다

괘종시계, 탁상시계, 손목시계…

갈급증을 안겨주는 정물들
정교하게 시선을 붙잡고 간다

째깍째깍
시작과 끝의 숫자 '12'
그 시간 속에
다람쥐 쳇바퀴처럼
돌고 도는 나그네

얼키설키 짜인 운명
순종하며
사는 곳 산천 삼아
멍에를 털어가며
짊어지고

유랑길을 힘 있게 나서는

나는
시간 속의 나그네다

그림자 끄트머리

가쁜 숨이 턱까지 차오르는 격정
잘랑잘랑 파문을 다듬는 물결처럼
태연하게
잠재울 수 있다면

자박자박 빗물 맞이하는 정물처럼
생이 고단하다고
생떼 부리지 않을 수만 있다면

살아가는 삶이 매 순간
기암절벽에 오르는 것 같다고
메아리 울리며 울부짖지
않을 수만 있다면

성인의 그림자 끄트머리라도
붙잡을 수 있지 않을까

비는 정갈스럽게 내리는데
내 모양새는
어찌 이리 비 맞은 금수(禽獸) 같은지

비 내리는 하늘에 대고 종알종알
푸념하는 나는

아직도
별 거 아닌 일로 어린아이처럼 칭얼댄다

인연

소중한 인연은
밥 한 그릇 같은
배부름이다

하루를 만들면서
이어지는 인연들

그 하루 중에
소중하게 얻어진 인연은
쌀 한 톨 한 톨 모아 담겨진
곳간에 쌓인 쌀가마 같은
풍요로움이다

인연은 그냥 다가오지 않는다
하루를
도자기처럼 잘 빚어야
존재하는
수고로움이기 때문이다

조화(造化)

지천명의 나이쯤엔 알게 된다더니

사람 인(人)이 왜 서로 기대고 서 있는지
어떤 씨앗이 어떤 꽃을 피우는지를
알게 된다더니
산천에 그려진 만물을 보고서야
물음표가 필요 없다는 것을 알게 되었다

오리가 한가로이 떠 있는 연못에
갈대가 멋 내기 하얀 머리 염색을 하고서
세찬 바람에도 제 한 몸 가눌 수 있다고
말할 수 있는
정념이 깃든
우주 만물상의 조화

서로 배경이 되고
서로 주인이 되는 조화(造化) 속에
나는 아주 조심스럽게 철이 들어간다

제2부

봄소식은 전단지에 묻어온다

전부터 눈독 들인 상품이
세일 한단다

여건에
갖고 싶은 욕망 지그시 누르고
사고 싶은 물건은 마음에 담아두며
상품 사진만 오려서
책상 앞에 붙인다

보고 또 보고
'모두 팔려버리면 어쩌지?'
기우에 마음은 꿈틀꿈틀
밤잠을 설치다가 비몽사몽
에라, 모르겠다

봄을 맞이할
여심(女心)은
봄소식을 따라
촐랑촐랑
봄나들이를 재촉한다

벚꽃축제

축제 무르익은 석촌호수에
현수막 문구가
기구에 매달려
둥둥 떠 있다

-축 잠실관광특구지정
-벚꽃 축제

나는
기구에 매달린
현수막 문구처럼 슬로건을
씩씩하게 내걸고 싶다

-나는, 한 고집 갖고 있는 딸의 엄마
-나는, 두 고집 자랑하는 남자의 마누라
-나는, 세 고집 주장하는 진짜 고집쟁이

어우러진 글귀가
찬연히 떠
벚꽃축제를 들뜨게 한다

제비

제비가 처마 밑에 집 한 칸 마련하고
하늘을 높게 날고 있다
오직 비상만이 생존이다

힘차게 나는 동안
겸손은 절로 터득하고

둥지 안에서
지지배배 지지배배
부모를 애타게 부르는 제 새끼만 보인다

제비의 생존은
비상을 위한 몸부림이다

사랑은

그대와 함께 있어도 그립다는 말
그대와 밤새 속닥거려도 보고 싶다는 말
그대와 혼례를 치르고도
이렇게
당신이 보고 싶고
그리워질 줄 몰랐습니다

함께 있어도 늘 그립습니다

더러
몸을 이기지 못할
세찬 바람이
우리에게 서성이다
어쩌지 못하고
그냥
지나쳐 가는 것도
그대와 함께 일궈가는 사랑 때문입니다
그대를 향한 내 마음
정원에 핀 작약꽃입니다

늘 보고 싶고

늘 그리운 그댄
단 하나뿐인 내 사랑입니다

소임의 꽃, 민들레

심지 타들어 가는
소망 안고서
뿌리 내린 다부진 포부

울퉁불퉁 질곡 속에서도
오롯한 빛 온전히 끌어당긴다

꽃망울에 어우러진 소망
민들레 홀씨의 소임은
유랑 길이 결코 아니다

뿌리내릴 틈새 찾아
고락(苦樂)을
금빛으로 옹골지게 채우는
소임의 꽃이다

나는 애인과 결혼했다

나는 애인과 결혼했다
첨엔 남편감인 줄 알았다
시간이 얼마 지나지 않아
내가 결혼한 사람은 애인이었다
그래서 난
남편이란 직함을 애인에게
부여하지 못한다
몸을 사리지 않고 가족을 부양해야만
남편이란 직위가 벼슬처럼 주어진다

친정어머니는 남편과 결혼했다
시어머니는 애인과 결혼하셨을까

기도했었다 멋진 남자를 애인으로 달라고
기도 덕분에 하나님은 내게 애인을 보내주셨다
다시 기도를 해야겠다
'애인보다는 남편으로 거듭나게 하소서'

갯벌 향한 그리움

내면에 담은 그리움은
쉬 드러나지 않는다
그리움 품은 마음 뱉어내기 전까지는…

지면을 화폭 삼아 그리움 그려보아도
빗방울 머금은 구름처럼
그려낼 수가 없다

그대를 향한 그리움
아침이슬처럼 살포시
외양만 내려놓다가도
가슴앓이 짙어질까 금세 거둬들인다

개펄에서 노닐던 조개가 유유자적한들
마음에 품은 그리움 지워질까…

개흙처럼 머금고 있는 그리움
해금되면 뱉어질까…

내면에 담은 그리움은
쉬 지워지지 않는다

작약꽃

당신 때문에
아플 수가 없습니다

당신 때문에
슬픔을 모릅니다

당신 때문에 늘 웃으려 합니다

당신이 기억하고 있는
나는
정원에
핀 함박꽃이어야 합니다

언제나
당신을 향해
함박웃음 터뜨리며
당신의 아내는
오늘도 웃습니다

로맨스

살아가면서 다가오는 이야기는
조개처럼 가슴에 품은 진주더라!

소중한 너와의 인연과
소중하게 보내온 너와의 시간과
모래밭처럼 흘러온 너와의 발자취

너와 곱게 키워온 한 그루의 느티나무는
광화문 네거리에서
어리바리한 촌 계집애를
기다려준 마음이더라!

억 겹의 시간 속에서
빚어진 찰나의 만남

너와 보낸 세월을
캔버스에 어렵게 스케치하고
유화처럼 덧입힌 로맨스는

어디서건 사계절처럼
다가오는
반갑게 받아들일 수 있는 이야기더라!

수선스런 아침

참새떼가 포르르 날다가
전신주에 앉아 수런수런
어떤 수다일까
귀를 열고 바라보는 시선에

참새 한 마리 까만 눈을 동그랗게 뜨고
고개를 갸웃갸웃 친구 하잔다

베란다 텃밭에 자리 잡은
아삭 고추와 방울토마토
두런두런
뉘 집 가정사일까
솔깃한데

어디선가 난데없는 까치가 날아와
호들갑스럽다
어떤 소식 가져왔을까

출근 늦는다는 남편의 버럭 소리

참으로 수선스런 아침이다

열대야

한동안 열대야가 기승을 부렸다

내게 찾아온 열대야
느닷없는 더위로
밤잠을 설치고
냉방기에 의존해도
더위는 기승을 샘 부리듯 부린다
어쩌랴
곧 지나가겠지
세월은 이리 무심하게
내게 한 번뿐인 사계절을
스스럼없이 사용한다

엊그제 처서가 얼굴을 내밀자 곧장
아침저녁으로 선선해진 날씨
셈 한 번 정확하다

열대야가 진행 중인 난
얼굴이 확 달아오르다가
땀이 줄줄 흐르다가
금세 변덕을 부리는 통에

인품이 곱지 못하게
세월을 원망한다

열대야가 지나쳐가면
한껏 멋을 부린 가을이 다가오겠지

천진암 성지에 오르며

천진암 성지에 오르며
순종(順從)을 만난다

당신은 뒷모습 보이며
무언(無言)으로 따르란다

나는,
당신의 뒷모습 눈동자에 가득 채우고
쫑알거리며 뒤따른다

당신은 뒷짐 쥐고
서푼서푼 걸어가고 있다

나는,
당신의 서푼서푼 걷는 걸음 대신
손을 앞뒤로 흔들며
땅에 콩콩 울림을 주면서 걷는다

당신과 나는
모습이 전혀 다르다

허나,
나는
당신을 마음에 가득 지닌 채
따라가고 있다

선택한 길

선택 되어지는 길은 내가 원인이다

생애에 막다른 삶을 딱 세 번 선택했다

한 번은 해남 사는 어떤 인연을 지나쳤다
깨달았을 땐 이미 지나간 과거였다

한 번은 정말 무지해서 꽤 값 나가는 아파트를 지나쳤다
깨달았을 땐 이미 지나간 과거였다

그리고 또 한 번은 딸내미 문과 이과
선택의 실수였다
깨달았을 땐 이미 지나간 과거였다

세 번의 선택은 내가 꿈꾸던
전혀 다른 길을 내어주었다

후회는 하지 않는다면서도 가끔 여운이 남는 선택들
타임머신을 타고 되돌릴 수 있다면
반드시 수정할까

모를 일이다

내가 선택한 길은
어쩌면
이미 짜인 내 운명일 수 있으니까

선행을 행하라

난 집이 있는 그림이 좋다
빗장을 푼 대문이 활짝 열린
마당이 꽤 넓어서 멍석을 깔아놓고
잔치를 벌이고
사람이 북적이는 그런 집이…

나는 나무 그늘 아래
긴 벤치가 놓여 있는 그림이 좋다
지인들과 함께 도란도란
담소를 나눌 수 있는…

나는 노부부가 다정하게 손을 잡고
산책하는 그림이 좋다
잡은 손과 잡힌 손이 만들어낸
수고로운 여정들…

나는 이 그림들을 그리기 위해
소박하게나마 정원이 있는 집을 마련하려
나무 아래 긴 의자를 놓으려
아직은 그래도 조금은 젊은 나이에
남편과 손을 잡고

올림픽공원을 산책하며
한 글귀를 상기(想起)한다

부활절에 교회 입구에서
뽑은 두루마리에 적힌

'선행을 행하라'

봄빛

가짜 햇살에 심신을 부대끼다가
바깥으로 나왔는데
봄빛을 만들고 있는 온 누리가 황송해서
몸둘바를 몰랐다
진짜 햇살이 반겨준 탓이다

진짜와 가짜의 분간이 어려운 것은
무언(無言)으로 만들어진 운명 같은 것이
왕처럼 군림한 탓이다

어쩌면
애초에 개미 왕국처럼
생존의 본능에 덧씌워진
운명 같은 것을 거부할 힘이
내게 있는 것인지 없는 것인지
분간도 못 하고
스스로 굴복당한 것인지 모른다

서프라이즈

나는
가슴에 갑자기 몰아치는
자기 연민에 빠진다

전화할까
카톡에 장문의 편질 쓸까
마음 담은 선물 안겨줄까
…
그대의 진심 어린 고백 놀랍다
다정한 사람, 믿을 만한, 단 한 사람
하필 내가 선택되어
아주 많이 당혹스럽지만
마음은 그대에게 다가간다

살만한 세상엔 마음 깊숙이
라일락 향기 같은
싱그러운 마음이 오가기 마련이다
지금 난,
온종일
그대 생각으로
일요일 오전에 늦은 아침 식사를 하며

모 방송국에서 방영되는 '~서프라이즈'를
온 가족이 함께 즐겨보는
그런 묘한 기분에 휩싸여 있다

소시민의 일상

상사와 부딪치고 퇴근한다
기분이 바닥에 주저앉는 저녁나절
주점에 들러 잔을 비우며
소박하게나마
민들레처럼 활짝 피었다가 자리를
잡아야 하지 않겠냐는 마음 굴뚝같다

명절을 앞두고
집 앞 장터가 시골 장처럼 섰다
상점 안에서 켜켜이 쌓였던 상품이
가판대에 나와
여염집 규수처럼 얌전하게 앉아 있다
필요치 않은 물건에 눈길을 주지 말자
마음을 다스리건만
눈길 손길이 벌써 상품을 만지작거리다가
몇 푼 깎고서 집어 든다

편의점 간판에 명당복권이란
문구가 마음을 이끈다
오늘따라 장사치들 씩씩한 행동에

요행 품은 마음 들킨 것 같다

부끄러운 마음 꾹꾹 누르며
결국 편의점에 들른다
갈증의 눈높이도 마음을 꿰뚫어보는지
복권 2등이 세 번
어쩐다? 2등이라니
망설이다 자동 다섯 게임을 긁는다
가뭄에 갈라지던 논밭에 단비가
듬뿍 스며들 듯
기운이 솟는다
-딸내미 유학자금 넉넉하게 대주고
통장 잔고 백만 원 있으면 융통해 달라는 친구에게
덤으로 이백만 원 빌려주고…

사는 것이 살아가는 것이 아니고
사는 것은 살아내는 것이라는
편의점 주인의 진귀한 말을 읊조리며
하루의 긴장을 풀고 있는 사이에
가로등이 하나둘 거리를 밝힌다

집으로 향한 발걸음이 가볍다

부메랑

믿었다
콩으로 메주를 쑨다는 진리를

믿을 사람 없다는 주위의 조언에 냉소를 머금고
노란색을 좋아한다
빨강색을 좋아한다
최종적으로 하얀색을 좋아한다
나를 알아달라고
퍼포먼스를 만들었다

악수를 청한 살결이 부드러워
멋모르고 웃다가
'우리의 인연은 여기까지입니다'
통보에
사람들 앞에서 웃음거리가 되었다

성실하게 마음을 다했는데

수치를 느끼는 참담함은
자신을 제어하기 힘들게 한다

'여지껏 내게 장난한 거네요'
'절대 그런 것은 아닙니다'

웃기는 핑퐁식 대화
부끄러워서
바보처럼 울먹였다

'죄송합니다'
보내온 문자에 답을 보내지 않았다

인생은 부메랑

그동안 다른 이에게 주었던 상처가
정통으로 내 가슴에 꽂힌 건 아닐까

정신이 번뜩 든다
상처를 받아야
철이 드는 나…

제3부

나중에 밥 한번 먹자

나를 위로하려 들지 마

이제 봄이 막 왔다 갔어

여름이 오고 가고
가을이 오는 동안

어떻게든
민들레 홀씨처럼
뿌릴 내릴 거야

그러니, 나를 그냥 내버려 둬

나중에 밥 한번 먹자

부화(孵化) 중

'그 아무 것도 위로가 되지 않아'
스물네 살, 망자의 글귀가
들어앉아 있는 내 가슴 한편엔
먹먹한 현실이 블랙홀에 갇힌다

나는 범인(凡人)
갇혀 있는 공간을
쪼며 읊조린다

지금은
'그 아무것도 위로가 되지 않아'

나는 지금 스스로
부화(孵化) 중이거든

기다림

기다린다는 것은
일일여삼추(一日如三秋)

고개를 길게 빼고
임이 오는 길목을
서성이며
다른 이의 스침에도
그대일까?
입꼬리를 가다듬는다

그대 오는 소리 바람결에 묻어오려나?
귀는 천 리까지 열리고
마음은 여명이다

그대 오는 길목엔
개미 한 마리 지나가지 않기를
단속하겠다
온전히 그대만이 내게 찾아오는 길이길…

개똥밭에 굴러도 이승이 낫다는 말

친구야
몸부림치며 살아내고 있는
그 뒷말을 잊으려 해

살아있는 거가
개똥밭에 굴러도 이승이 낫다는 말
참말로 알아듣고선
바보처럼 웃으려 해

어떤 인 웃고 있어도
내면까지 사골 국물처럼
곱게 우려낸 웃음이고

어떤 인 웃고 있어도
추위가 뼛속 깊이 스며든
아픔이란 걸 느낌으로 알았어

나는 어떤 웃음이 어울릴까

여전히 생동한다

한고비가 지나가면
한고비가 나타난다
하늘은 무심하고
마음은 추워지는 고비 고비들

그래서
나는
생동한다

같은 고민
같은 생각에
한결같은 물음표
정답은 보이지 않고
오답만 오만 가지

그래서
여전히 나는 생동한다

그리움 쌓인, 그 시절

두 눈에 맑은 호수 안고
순연히 나타난 잠자리 떼
어디서 머물다가 날아왔을까

비 한 차례 내리더니
말갛게 갠 공간을 무대 삼아
파르르 파르르 날고 있다

투명한 날갯짓에 아련한 추억들…

무지갯빛 꿈을 꾸던 시절
바람결에 흔들리는 꽃대 위에서
짝짓기하던 잠자리 쌍쌍이들
지금도 새 생명을 잉태하고 있을까…

호숫가에 청초하게 내려앉은 수초처럼
그리움은
지금도 그곳에 발 담그고 있는데…

그립다 그 시절…
수경처럼 순박하던 그 시절
그 사람…

그 어떤 날의 기억

아버지는 자꾸만 꿈을 꾸었다
눈 내리는 날 리어카를 끌고
농원으로 향할 때
하얀 나비가 나풀나풀
아버지를 따라 왔고
세 명의 산신령이 아버지 앞에 나타났다
아버진 49세에 별세계로 입문했다
아버지를 여읜 어머니는 딸년만 돈 벌어야 하는 줄 알고
줄담배만 피우다가 58세에 폐병으로 별세했다
그녀에게 그 어떤 날의 기억들은 늘 배가 고팠다
쌀 걱정, 김치 걱정 안 한 사람들은 죄다 부자로 보였다
열아홉 살 가시나는 어머니를 닮지 않으려 닥치는 대로
독하게 일했다
다만 남의 물건을 탐하는 것만 빼고서
갯벌에서 잇갑을 파내며 막내 외숙모가 억척스럽게
돈 모은 것을 보았다

그녀는 그 어떤 날의 기억이 세월 따라
자꾸만 따라다녔다
그녀는 결혼 전이나 결혼 후나 돈 버는 역할을 도맡았다
그녀는 돈을 스토커처럼 쫓아다니고 돈은 그녀를 잘도

피해 다녔다

그 어떤 겨울날
푸른 광목이 펼쳐진 하늘과 천명에 순종한 나목이
묵화로 그려지고 있던 날
그녀는 세상사에는
각자의 때가 있다는 것을 비로소 알았다

이순을 바라보는 나이가 되어서야 돈이
제 발로 걸어왔다

그래서 그녀는
성질머리 더럽게 나빠도 돈만 많으면 장땡이라고
말해주는 세상 사람 말을 듣지 않길 참 잘했다는
생각도 했다

겨울비가 내리는 날 이사한다

겨울비가 점잖게 내린다
4층 빌라에 사다리차가 짐을 부려놓느라 분주하다
겨울비가 내리는 날 이사하는 이유는 딱 한 가지
손 없는 날이다

비에 젖은 새 한 마리
들 곳 찾아 날갯짓 퍼덕이고
길 가는 나그네 보폭도 바쁘다

겨울비는 조촐하게 내리고
누군가는 비워낸 자리에
누군가는 채워놓고

비워내고 채워가는 네모진 세상 박스엔
내 안의 지구가 태평스럽게 공전한다

어떤 인 어떻게 살아가는지 관심을 두는 까닭은
겨울비가 내린 후에
얇은 속옷 차림으로 나타난
겨울 햇살이
동아줄일 수 있기 때문이다

이삿짐 부려놓으며
'생존만이 살 길이다. 어떻게든 살아봐야지'
두어 마디가
겨울비 내리는 전경의 온기이며
젖은 이삿짐이 무겁게 느껴지지 않는
이유이다

그대와 새로운 설렘으로

내게도 사랑이 찾아왔는가

두두두
가슴이 뛴다

사랑은 이유가 없다
그냥 사랑하는 거다
사랑은 조건이 아니다
그냥 사랑하는 거다

두두두
설레임

나이 잊자고 장미꽃 한 송이
화병에 꽂으며
콩닥거리는 소리도
살짝 꽂는다

묻고 돌아서고 묻고 돌아서던
아쉬웠던 여정

너를 향한 설레임이
두두두
허공을 가른다
내게도 사랑이 찾아왔는가

촌부의 행복

고향 들녘
가을걷이하는 촌부의 손엔 도리깨가 들려
철퍼덕 내리칠 적마다
알곡이 얼굴을 내민다

촌부가 할 수 있는 것은
열심을 다해
경작하는 것
그다음 과정은 신의 몫이다

제 할 일 묵묵히 수행하던 허수아비
들녘에 쏟아지는 알곡을 지켜보고
청명한 하늘은 새털구름 몇 점 띄운다

촌부는 등허리를 펴며 너털웃음 웃고
촌부의 아낙은 주름살 보기 좋게 웃는다

사과

붉은 정념에 휩싸인 시각적인 자극에
나는 인내하지 못한다

너는 상큼한 내음을 풍기며
기어코 나를 유혹하고

나는 능숙한 손놀림으로
너의 보드라운 속살을 드러낸다

날카로운 도구에 생동하며
도도하게 모서리를 세운 너의 자태

잘게 잘게 속살이 잘려 나도
반듯한 몸가짐으로
후각을 마비시키며
도도하게 미각을 어지럽히는 너

너에게서 느껴지는 첫사랑

오늘도 너의 유혹에
나는 인내하지 못한다

기다려서 미안해

내게 기다림은 소식이 기본설정이다

휴대폰에 그리움 담은 메시지 전하고서
수신확인 설정을 했다
하루 이틀… 한 달 두 달…

다시금
길게 쓴 편지를 다듬어 전자우편으로 보낸다
보낸 편지함 '수신확인'란엔
'읽지 않음'이다

그댄 묵묵부답이다

뭉개진 자존심이 바르르 떤다
무심한 그대에게
미움을 고명처럼 얹는다

사랑해서 헤어진다는 그대,
이유가 새털처럼 가볍다

이젠 그댈 향해 가던 발걸음 멈추고

미용실에나 다녀와야겠다

그대
기다려서 미안해

필연인가 악연인가

쾌감 뒤에 불쾌감
아이러니한 단어와 단어의 부합됨은
나만의 사상인가
우리는 수산시장 횟집으로 몰려간다
하이칼라의 반듯함이 하얗다가 빛 바랜다
횟감으로 포획한 활어의 생동감은
우리의 먹을거리
싱싱한 회 접시와 어우러진 채소
천상의 진미가 별거던가
소주잔에 채워진 붉은 기운에 온몸을 적신다
원샷
원샷
향연, 몽롱함 속에
세상사가 천국으로 스친다

숙취에서 깨고 난 여운…
진한 생선 비린내로 머리가 빠개진다

서재

나를 찾는다
수많은 인연 속에 이어진 옛 끈을 붙잡고 있는
나…

바람, 바람 낭송하던 고 안 시인님
꿈을 안고 찾아와 나를 위로하던 석이 오빠
접시 치마 입고 빙그르르 춤을 추던 예쁜 김영자
그리고
턱에 복점이 있던 부지런한 최옥자와
춤을 앙증맞게 잘 추던 송영순과
일찍 철이 든 글씨가 명필이던 박복희와
맑은 개울물처럼 함께 흐르는 목사모 친구들…

그네가
아스라한 기억 속에서
인연의 끈을 이어주고 있다

난
인연의 끈을
꼭 붙잡고서

서재에서
여전히 나를 찾는다

기차역에서

기차 플랫폼에는
그리움이 멀뚱히 서 있다

驛舍(역사) 안에서
커다란 눈동자 끔뻑이며
내 어머니가, 개구쟁이 내 동생들이
나를 기다렸는데…

지금은
황량하다

타지에서 들숨 날숨 작게 쉬다가
명절이면 고향 가는 기쁨으로
밤새 들뜸과 씨름하던 기억들…

이제는 뒤로 가는 정물만 쫓다가
피로해진 눈동자를
손등으로 비비며
눈 밑에 흘러내린 별빛만 반짝인다

둥지

차분 차분히 살아가면서
오늘만큼은
내 기회려니
서 있는 나무 가지 위의 새 둥지
탄탄한 새 둥지가
그리운 이들을 바람결에 부탁해가며
부르고 있다
그 이름 속엔 내 아명(兒名)도 있다

둥지에 마음만 머물고
몸은 분분히 흩어져 제 갈 길 가는 이들

둥지는 차분 차분히
그리운 이 기억하며
그네들을 부르고 있다

편지

친구여!
어니언스의 '편지' 노랫말을
흥얼거리며
세월의 옷을 곱게 입은 편지를 펼친다

'이 편지가 너의 손길에 닿았으면…'
글의 서두가 가슴에 함박눈처럼
그리움을 안긴다
답장 없는 편지를 쓰지 않겠다던
넌 늘 기다린다고 했다
'늘 기다린다'는 글귀가
낙관(落款)처럼 마음에 찍힌다

친구여!
이제는 내가 네게 글을 쓴다
'이 편지가 별세계(別世界)에 입문한
너에게
전해질 수 있을까…'

동백꽃

그리움이 붉게 피어난다

영원불멸이란 말을 가슴에 새기고
벽에 걸린 추상화는
햇살을 받아 하얗게 부서진다

뒷산에 심어놓은 동백나무 한 그루
우두커니 서서
물결치는 바다 물빛만
하염없이 바라보다가
밑둥치에 피를 울컥 쏟는다

내생(來生)을 향한 몸짓인가

가슴앓이하는
사무친 그리움인가

애잔하다…

러버덕

러버덕이
석촌호수에 떠
분분히 벚꽃처럼 흩날리는 말씨를
주워담고
생각에 잠긴다
나는 한 자리에 가만히 머물러 있는데…

-오리가 나무 이파리에 숨어 있네
-도도하네
-사진에 다 담을 수가 없네

자신의 거리에 맞춰
말씨를 만드는 이상한
사람들…

나는 갈대가
운치를 만드는 호수에 놓여
이렇게 평화로운데…

특혜

운무가 엷게 펼쳐진 하늘을 우러른다
포근한 입춘 날씨에 느슨해져
마음을 벚꽃처럼 흩뿌리다가
머금었던 감정 뭉치를
안개비처럼 사르르 뿌린다

벤치에 앉아
고운 마음 전하는 안부 카톡에
싸한 그리움 채색 없이 전하며
꿈을 물고 있는 나무의 초연함에
눈길이 머문다
목련이 꿈을 머금고 있다
벚꽃이 꿈을 머금고 있다

꿈을 물고 있는 나무들…

꿈을 물 수 있는 것은
길고 혹독한 여행에서 얻어진 것이다
살아내야
꿈을 이룰 특혜가 주어진다는 것을
나무는 알게 된다

보고 싶으면 만나

보고 싶으면 만나
그리워하다가 별세계 가버린
그런 일이 있을 수 있잖아
세월은 기다려주지 않아
제멋대로 가 버린걸

보고 싶다고 가슴에만 담아두다간
잃어버릴지도 몰라
귀하고 소중한 것은 잃어버리기 쉽잖아

보고 싶으면 만나
오늘은 다시 오지 않잖아

제4부

무심코 놓아버린 인연들

그동안 모아온
소중한 자료가
생각 없이
클릭 한 번의 실수로
날아가 버렸다

워낙 방대한 자료들이라
서서히 지워지는 것이었는데
것도 모르고
지워지는 순간에
'더디 지워지는구나'
느낌만 있었다

더디 지워지는 까닭이
지워지기 싫은 인연이란 걸
미리 알았더라면…
미련이…
가슴에 미어진다
무심코 놓아버린 인연들…

소중한 자료를 복구하는데

얼마의 시간이 걸릴까…
소중한 인연을 붙드는데
얼마의 시간을 가져다 써야 할까

묻고 싶다

이미 지나버린
한 시간만 빌릴 수 있다면
너는 가던 길을 멈출 수
있는지 묻고 싶다

함께 보냈던
그 시간들…
영원할 줄 알았는데…

네게 차 한 잔
건넬 시간이 다시 주어진다면
널 붙잡을 수 있을까…

내 안에 철조망

어느 누구도 넘볼 수 없는
나만의 포인트가 있다

개성
톡 튀는 다정한 미소

햇살만 드나드는 내 안의 공간
정겨움
옛 그리움
배부름

내 안의 철조망
그 누구도 가져갈 수 없는
나만이 가질 수는 추억이 있다

사랑
톡 튀는
다정한 부드러움

개망초

산 비탈길에 엑스트라 개망초
소박하게 피어나
주연을 빛낸다

보랏빛 도라지 꽃이
오묘하게 이런저런 모양새로
오가는 이의 시선을 받아도
질투하는 모습 보이지 않는다
본분은 언제나 주연을 빛내주는 조연

여름 이야기를
상큼하게 엮어내며
조연으로 한껏 빛나는 개망초

의자

가을이 긴 벤치에 내려앉는다

그가
그녀가
그 애가
봄, 여름을 거쳐 온 이야기

그들과
소상하게 알고 지내는 것이
그리 중요하지 않다

같은 시간 속에 머물렀다가
아스라한 추억을 공유했다는 것
함께 있었다는 것
외롭지 않았다는 거
그리고 진심으로 그들을 사랑했다는 거

가을은
잘 지낸 세월 따라
희망을 가지고 있다는
그거만 소중하게 간직한 채

풍요로운 이야기를
긴 벤치에 채곡채곡 쌓는다

짝사랑

이별도 겨울엔 더 춥고 아프다
겨울 끝자락에서
이별이란 단어는 진종일
가슴에 도랑을 만든다

그를 만날 때도
그와 헤어질 때도
악수를 했다

만남과 헤어짐의
통과의례가 된 그와의 악수

무리가 그를 에워싼다
먼발치에서 쿨하게 바라보다가

무거운 발걸음 옮기지만
마음은 그의 곁에
붙박이장 되어 떠나지 못한다

다시 태어나면
사제가 되리…
그 사람처럼…

능소화

옛 기억 속
대문 열고 들어가듯
네 마음 속을 들어갈 수 있었다면

어쩌면
너와 난
들녘을 산책하며
철들지 않을 수도 있었겠다

네가 오가는 길목에서
서성이며
철마다 맞이하는 꽃 달라도
달라지지 않던 마음

보고 싶단 말
전할 수 없어
잊혀진 너와 나
능소화 전설

사진 속의 이야기

가슴에 담고 싶은 순간을
카메라에 저장한다

한 장의 사진은
내가 머문 흔적을 남긴다

기억 속에 함께 한
인연들과 공간을 붙잡기 위해
서슴없이 카메라를 들이댄다

무례를 범한 후유증
변이를 일으킨 그리움이다
카메라에 담겨져 각인되는 순간들

잊히지 않기 위해
잊지 않기 위해
나는 사진을 찍고 찍히면서
그리움을 열심히 주워 담는다

스케줄

7층 6인실 병동
창밖으로 보이는 풍경은 적막하지 않다
파란 하늘에 조각 구름 널려있고
그림 좋은 산 등성이가 끼어 있다
햇볕 좋은 공간에 자리 잡은
아파트가 품위를 지키고 한가하다

자동차만 거친 숨 몰아쉬며 달려 다니고
사람은 코빼기도 보이지 않는다
새 한 마리가 조금 전까지 날더니
벗을 찾아간 것 같다

그동안 잡고자 했던 저 전경들
시끌벅적 세월과 타협하는 동안
생로병사 이치가 찾아들었지만
치유할 수 있는 병이라
그물에 걸리지 않으려는
물고기 마냥 파닥파닥 스케줄 관리하느라 바쁘다

봄을 찾은 여자

친구야 정오에 산책 나왔는데
반가운 교장 선생님을 만났어
딸내미 안부 물어 주셔서
어쩌나 고맙던지
이젠 나보다는 자식새끼가 먼저네
새소리에 취해 자리를 뜨지 못하고
귀 기울이고 있는
귀여운 고양이도 보았어
오늘따라
하늘이 아주 맑고 햇살은 화사해
이제 막 꽃망울 머금은 철쭉이
금세 벙긋 피어날 것 같아
벤치에 앉아 있는
연둣빛 가운 입은 미화원 아주머니
햇살에 꾸벅꾸벅 졸고 계셔
새소리가 자장가 소리로 들릴 것 같아
봄날에 연출되지 않는 장면을
폰에 담는
여인은 바로 나야
어머나 그러고 보니
내 마음도 봄을 가꾸는 나비처럼

날고 있어
일차원 세계를 벗어나
이차원 세계에 입문한
나는 봄을 제대로 찾은 것 같아
친구야 봄을 찾은 여인이 된 내게 연락해
보고 싶다, 담에 또 소식 전할게

그리움이었네

오랜만에 주어진 차분한 하루
그리움이 산책길에 동행한다

이런저런 불림으로 달려가
그대와 보냈던 순간들

아무것도 잡을 수 없던
화통하게 웃어버렸던 그 날들
아득한 그리움이 되어간다

하릴없네!
혼잣말을 흘려보지만
지나간 순간은 재현할 수 없다

유별나게
키가 큰 맨드라미가 눈에 확 띈다
뭣 때문에 키만 컸나
내가 아닌지 의구심을 갖는데
근처에 쪽빛 하늘 받들고
가을이 벌써 와 있다

차 한 잔

가을은
차 한 잔 음미하는 의식 속에
수평선을 그려놓는다

나무는 낙엽 위에 그리움을 뿌려놓고
당신은 차 한 잔에 고단한 생각 지우며
낙엽 위에 그려진 사연을 읽기 시작한다

세월이 겁난다, 했던가
잊히는 것이 두렵다, 했던가
스스로 찾아드는 그리움은
사랑이라 했던가

깊어지는 가을날엔
애탔던 한순간들이
삶을 사랑한 열정임을 알게된다

고독을 가져다 준
차 한 잔 마시는 행위가
그대를 향한 애잔한 그리움이다

정답을 모르겠네

아무리 생각해도 모르겠네

똑같이 맞이하는 아침나절
어떤 이는 아침에 일어나
조반을 챙겨 먹고
어떤 이는 우유 한 컵 마신다 해도
눈코입이 같아서
머릿속에 든 생각은
같은 줄 알았네

장미꽃이 시선을 받고 있는 장미정원에 이르러
감탄사가 절로 만들어져 아름답다 하는데
어떤 이는 공해라며 혀를 끌끌 차네
그 이유를 내 생각으론 조금은 알 것도 같지만
그래도 모르겠네

나는 오만 원 한 장만 호주머니에 넣고 다녀도
남부럽지 않은데
어떤 이는 껌값도 안 된다며 투덜대네
도대체 껌값이 내가 알고 있는 가격이랑
어떻게 다른 것인지

난 정말 모르겠네

나는
사랑이란 말만 들어도 기분이 좋아지는데
어떤 이는 값싼 말장난이라 치부하네
그 이유를 나는 도통 모르겠네

정답은 모르지만
아침에 일어나 일터에 가고 저녁에 잠을 자고
찜통더위가 지나면 선선한 바람이 다가온다는 것은
알고 있다네

짬

총총총 걷다가
주위를 둘러보는 짬

총총총 가다가
짬을 잊어버린 시간들

문득 빨간 신호등 앞에 멈춰 서서 반전이 일어난다

짱구 같은 눈썹 만들고
별빛 같은 그리움 만드는 눈망울 속에서
짬을 만난다

하늘을 마음껏 날아다니는 그런 짬을

이사한다

새집을 사서 이사한다
아무 날 아무 시 손 없는 날
철학관에 가서
이삿날을 따로 잡진 않았다

딸내미가 결혼할 나이이니
그 나이에서 딱 한두 해만 빼면
이십몇 년 동안
리빙 박스에 풀지 못한 옷가지와
2년 남짓 풀어놓았다가
신문지에 둘둘 말린 신접살림들

설움이 쌓이고 쌓여
빙벽이 되어
녹아내릴 날이 없을 줄 알았는데
거짓말 같은 한순간이 다가와 녹아내린다

네모 반듯한 마당이 있는
꽤 넓은 집으로 이사를 한다
장독대도 새로 만들고 텃밭도 일구고
라일락, 능소화, 벚나무 한그루씩

심을 참이다
세상은 참으로 알다가도 모를 일들이
꿈꾸는 만큼 다가온다

이제 딸내미 결혼 시킬 일만 남았다

저녁노을

붉게 물든 저녁노을이
해산한 여인네 같다

어머닌
해산하는 순간까지 고추가 보이냐고
산파에게 묻고 또 묻다가
문지방에 붉은 고추 새끼줄에 엮어놓고선
해넘이에 딸인 나를 낳았다
혼자서
탯줄 자르고 솔잎을 바꿔 매달았다
쓰잘떼기 없는 가시나는 엎어버리라는
시어미 독설 견디며
삼칠일 되기 전부터
밭을 매러 다니면서도
삼신할미한테
아들 점지해달라고 빌고 빌었다
이듬해 새끼줄 엮어 붉은 고추 매달았다

어머니 시절이 설화가 되어버린
어머니에게 태어난 가시나는
시어머니의 며느리가 되었다

아들이건 딸이건
건강하게 낳기만 하라는 시어머니

산통을 겪는 며느리 보며
별이 보이냐고
별이 보여야만 아이가 나온다고
애간장을 다 태우고

저녁노을은
해산한 여인네처럼
생명을 잉태하고자 점점 붉게 물들어간다

가을이다

그리움은 심상에 그려지고
인연의 잎사귀가 소복이 쌓인다
계절에 순응한 나뭇잎이
인연을 찾아 나선다
함께 가을 소풍 즐기며
은행을 줍던 인연이
한두 해 전부터 보이지 않는다
소식을 낙엽처럼 뿌리지 못하고
귀향했을까

모든 인연은
낭만을 안은 낙엽처럼 사연을 적는다
살아낼 이유를 알기 때문이다

가난한 사람들의 마음을 훔쳐
도망친 인연도
가르침의 성덕을 어설프게 포장해
제 몫보다 더 챙기는 인연도
도덕의 잣대로 자신을 엄격하게
재단한 어떤 사람도
가을엔 올곧은 선인이나

공직자 흉내를 내고 있을지 모른다

가을바람이 스쳐 지나다가 인연 하나를
호수에 그려놓는다
유별난 인연이다
무심을 가장한 마음이 물결에 펼쳐진다
어쩌면 부부 인연을 맺지 못한 설움인지 모른다

아, 가을이다

봄날

꽃 비가 자유롭게 흩날리는 봄날은
마음도 분분히 흩날린다

일개미가 뿔뿔이 기어 다니며
생업에 전념하는 봄날은
갑을론 따지던 이도
사방팔방 뛰어다니며
일거리 찾느라 바쁘다

헉헉대지 않은 나무는 밑둥을 다지려
뿌리를 더 깊게 더 넓게 뻗어 가면서도
허공에 가지를 여유롭게 내어
바람결에 적당히 흔들릴 뿐이다

무심히 하루하루를 지나쳐 보내는 나그네
무심을
은은한 표상으로 만들다가
그리움 무늬가 벚꽃을 닮았다며
아려오는 가슴을
때늦게 통통 쳐댄다

봄날은
흩날리는 벚꽃을
그리움으로 잠재우는 푸르름이다

진도에서 즉흥무를

진도아리랑을 따라 갔다

한(恨)을 품은 안개비가
아리랑을 부르고…
유채꽃은 한(恨)을 품어
샛노랗게 피어나고…
연초록 묘판은 대지를 아우른다
씻김굿을 한, 말간 모습으로

한(恨)이 맺혀
호랑이상이 되었다는 해설사
어깨에 한 걸머지고
수건 풀어 허튼춤을 춘다

바다는 모태라고 문인은 말하고
이순신은 나라를 위한 위용 보이고
나는 춤을 춘다
내면에 스며든 한을 붙잡고서

이에, 전이된 무리는
아리랑 음률에 흥을 돋우고

한 여인이 선녀 되고
두 여인이 선녀 되어
노모의 어깨춤에 맺힌 물기
손등으로 씻어내니

옥황상제,
민초(民草) 마음 헤아리시어
즉흥무를 하사한다
나는 춤을 춘다
한을 씻어낼 즉흥무를

내 고향 예향 도시

여태껏
마음이 떠나지 못한 이유가 있다

산정동 기찻길 옆
만둣가게에서 희희낙락하던
별세계에 벌써 입문한 친구와
아직까지 이유는 모르지만
내게 토라져 버린 경숙이와
배고픔을 같이 느끼던
소식이 끊겨버린 복희와

젊은 시절
품었던 희망이
마침표를 찍으려 하는 곳이기 때문이다

오늘도
내 고향 예향 도시 목포에는
이난영 옛 가수의 '목포의 눈물'이
부둣가에, 유달산에

울리며 멋진 친구들의 애환이
유달산 산자락에 만들어지고 있겠지…

맨드라미

화단에 꼿꼿한 꽃대를 세우고 서 있는 맨드라미가 여름을 나고 있었다.

유난히 키가 컸다.

작년에 강원도 어떤 별장에서 맨드라미 종자를 얻어와 씨를 뿌렸다.

타지에서 뿌리 내리기가 쉽지 않으리라는 예상과 다르게 여러 그루의 맨드라미가 한여름을 풍미했다.

닭 볏 같기도 한 꽃말이 기쁨이라던가?

맨드라미 친구들은 겨울 초입이 되자 타계하는 모습이 서로 달랐다. 고개를 수그리고 타계하는가 하면 키가 큰 맨드라미는 고개가 꺾이지 않은 채 위풍당당하고 꼿꼿한 모습으로 타계했다.

참한 별종이란 생각이 들었다. 타지에서 뭐가 그리운지 붉은 꽃 피워내며 담장보다 더 키를 키웠다. 그래서인지 담장 밖에서 눈 맞춤하는 이들이 발길을 멈추고 한마디씩 했다.

'고향이 그리운가 보구나.'

청주에서 생뚱맞은 부음 소식이 들려왔다 친정어머니의 맏아들인 남동생이 타계했단다.

소식이 끊긴 지 몇십 년 가슴에 담고 살아온 한이었다.

군에 가기 하루 전 취기를 빌미 삼아 난동을 부리는 바람에 범법자가 되었다. 그것도 한참 떠들썩하던 시끄러운 세상에 대고 생각지도 못한 말 한마디 주워와 객기부리다가 외모가 곱상한, 키가 1m 80이 넘은 기둥이 순식간에 무너졌다. 집안도 완전히 무너뜨리고 어디론가 사라져버렸다. 항간에는 배를 탔다고 했고 부랑자가 되었다고도 했다. 알지 못할 소식 속에 가슴엔 돌멩이 하나 꽉 박혀있었는데 전혀 생각지도 못한 타지에서 남동생의 소식을 들었다. 아담한 평수의 아파트에서 인텔리처럼 살다 갔다 한다. 고향 집을, 누나를, 친정식구들을 그리워했을 남동생, 임종을 지키지 못한 짠하고 슬픈 마음이 가슴에 절절히 맺혀졌다. 겁이 많았던 남동생이었다. 키가 큰 맨드라미가 유독 내 눈에 밟힌 이유를 그제야 알았다.

봄의 왈츠

울 동네 공원의 봄은

아기가 걸음마하는 모습에서
동네 아낙들의
이런저런 이야기에서
왈츠를 춘다

하늘에 바람을 일으킨 나무는
꽃과 나비를 불러들이고
풍광을 꽃향기로 길을 만든다

내 인생의 가장 화려한 시기
라일락 향기 품은
그대 손을 잡고서
왈츠를 추련다

이젠 봄이다